これから夏の花咲く庭で

藪田智子
Yabuta Tomoko
歌集

青磁社

＊目次

藪田智子歌集

これから夏の花咲く庭で

春を運ぶ

霜柱踏みしめ庭に出てみればチューリップの芽がここよと呼べり

老眼鏡初めてかけて面はゆし人が来るたび急ぎてはずす

カルタ会初参加とてひたすらに歌のおさらい昨日も今日も

ふる里の母が漬けたる白菜を音たてて食むわれの新春

正月の休みに読まんと借りて来し本はだんらんの外に置かれき

ふきのとう、土筆も出たよとわが友が春運び来て部屋あたたかし

裏白のチラシ選り分け歌書きぬチラシ多ければ心豊かなる

四十年片手に持ちて事務執りしそろばん今もなめらかに動く

自転車

流れゆく綿雲に乗りアフリカで働ける子に会いに行きたし

みどりの日ブナの茂れる山に入りて一年分の深呼吸をす

ひとことが言えないわれがひとことを言い過ぎることありてわびしき

井戸掘りに子が行きしケニアの村の名をルーペにて夫と世界地図に見る

自転車にて野に出で来ればやすやすと歌浮かぶなり自転車が好き

今日は又雌狸が轢かれていたりけり昨日雄狸の轢かれいし場所に

裸木となりし公孫樹に群れ集う雀らの学校始まるらしも

「考えてみましょう」と言う考えることから始まるあなたとわたし

母の左手

父逝きて五十六年父の墓守りたる母も小さくなりぬ

九歳のわれの名呼びつつ逝きし父時折り夢に来てなつかしき

父逝きし四月は花の盛りなり花に埋もれていし父の顔

秋空に音を残して飛行機ははるかかなたに小さくなれり

亡き父の残しし尺八仏壇のかたえに置きて六十年が過ぐ

スリッパをペタペタ鳴らし上がらなくなりたる足で歩く母なり

独り居の母より掛かる長電話篤姫が不意に老女となりぬ

うつりゆくあじさいの色に合わすごと今日着る服を選びておりぬ

午前一時玄関の戸を騒がしく叩く者ありはだしの母なり

思いっきり抱きしめてほしと目が言えり独り暮らしを続ける母の

コンサートに幼子ぐっすり眠りたれば指揮者やさしく声掛けて去る

右の手が使えなければ魚の骨はずしてくれと母の左手が言う

大いなる排泄物を片付けて長き一日の介護を終える

虹

穂高連峰高きを前に佇みてわが登りゆくいまを喜ぶ

山頂の木陰で碁石並べんと碁盤背負いて夫登り行く

いっせいにテントより顔だけ出して穂高連峰にかかりし虹見る

匂うばかりに雪をかずきし富士山が真下に見ゆれば動悸止まざりし

槍ヶ岳山頂で朝別れたる満月帰ればわが家の上に

父の日に

野良猫が職場に居着きて一日中上司みたいに監視している

閑谷の楷の紅葉を見て来ぬと封書に一葉紅葉入れあり

舅逝きし部屋を死場所と姑は決め病みてよりその部屋動かざりき

半分も聞いてはいないと分かりしが途中で止めるわけにもゆかず

年老いて子の住む許に行きし友一月もたたず帰り来たりつ

洗髪料大目に見てくれし銭湯のおばちゃんも介護受ける身となれり

父の日に父なきわれはわが夫にシャツを買い来て心足らえり

松ぼっくり

頻繁にトラックがあれこれ運び来て家一軒がたちまちに建つ

四、五日の旅より戻れば家一軒近くに建ちて明かりを灯す

北風のにわかに吹けば庭を掃くわれを包みて落葉舞い上がる

おもむろに受話器を取れば懐妊を告げ来し嫁の声の弾むも

絵手紙の素材にどうかと松ぼっくり手に遊ばせて夫帰り来ぬ

葉牡丹の渦の中よりしんしんと霜の声して朝焼けてゆく

やがて来ん死のこと母は思いてか人の死聞くたび体調崩す

毛蟹

窓開けて雪の中よりえび、鮭を取り出し料理す札幌の友は

二日ほど待ちて摘まんと見ておりし蕨《わらび》そっくり摘まれてしまえり

空輪にて届きし毛蟹初めての空の旅にて疲れたるらしも

がやがやと茜さす空列なして百羽の鴉家路に向かう

凍てつきし工事場に旗を振る人のヘルメットより三つ編みの髪

ことごとく葉を落としたる柿の木に葉とまがうほどひよの来ており

いい加減もうこのあたりで飼い猫にしてもらうぞと厨に居すわる

わが病めば植木の鉢を次次に倒してあそぶ猫も親しき

リュックがおどる

自転車にて春風の中を夫と行くろう梅の香のただよう風の中

縄跳びをしながら下校する子らに春の日射しのやわらかに射す

事務を執る窓から見える通学路今日は遠足リュックがおどる

交通量多き稲田に立つ案山子《かかし》みなヘルメットをかぶりておりぬ

通学路は楽しみの時間ランドセルれんげ畑に放り遊びき

六十年前父が買いくれしそろばんよ今も職場で仕事をしてる

オリオン

オリオン座よりあまたの星が流れ来てああだれかれに告げたくなりぬ

オリオンの真中を一機過りたり流星群と競うごとくに

踏み入れば紅葉の色も鮮やかに鞍馬の山は初冬の光

ケーブルカー横目に歩む初冬の鞍馬山に吹く風やさしかり

鞍馬山に女十二名集い来て遮那王のごと石段駆け登る

正月もひと月余りとなりたれば貴船神社にて屠蘇を購いぬ

指輪

片時雨いつしか止みて桂川に架かりし虹を車窓に見ており

話しつつ電話の相手に歩み寄る駅のホームの若きカップル

還暦の同窓会にごぼう匂うわが手に指輪はめて出席す

東京へ転勤とぽつりと子が言えり東京は遠いやっぱり遠い

荷を解けば木くずはねのけおもむろに車えびは一つ深呼吸する

窓の辺に椋《むく》の葉風に舞うさまを見つつ独り居の母を思いぬ

小春日を行き交う汽船眼下に見て因島大橋自転車で走る

英会話ひそかに始めし夫なれどある日突然英語の寝言いう

玻璃越しに

ことことと黒豆煮つつ近づける出産の知らせ静かに待てり

燕《つばくろ》が十和田湖かすめ舞うさまを夫と見ており嫁のふるさと

陳列をしてあるごとき嬰児らの中より初孫覗く玻璃越しに

初孫が誕生せりとだれかれに言いたくなりぬ夜半に目覚めて

やまももが青葉の中に実りしを小鳥の出入りしげくなりて知る

まだ座れぬ孫を武者人形の前に据え素早く写すこどもの日かな

虹のごとく飛行機雲はあけぼのの空にしばらく輝きている

みどり子のパジャマ靴下干されあるわが家を見つつ帰るはたのし

満天の星

椋の木の裸木となれる天辺《てっぺん》にがらくたを集めし鴉の巣あり

夜の明くる前が最も美しい満天の星見て新聞を読む

職退きし夫に他の仕事見つかれば今宵寄せ鍋作りて待てり

屋根屋根に霜置ける朝洗濯を済ませし手よりゆげ立ちいたり

プノンペンの子よりEメールアルバータの子より絵葉書今日届きたり

木の芽和え筍飯もよし筍好きの子よ帰り来よ筍攻めにせん

日曜の昼餉は夫の担当と決めれば毎週ラーメンとなる

図書館の一階フロアーに活けてある白百合の花三階まで匂う

一筋にぶどう栽培に生きし姉ぶどう食いたしと今際《いまわ》に言いぬ

猫の足跡

敬老日誕生日のほかは年のこと忘れて暮らすと八十路の母いう

プノンペンのカフェよりメールをくれし子に日本の希なる暑さを知らす

子ら巣立ち新婚のごとき暮らしなれば互いに名前呼び合いている

秋の日にやわらかな綿のおくれ咲く実を結ばざる花のあわれや

相続人九人の同意書要るという義母が遺《のこ》ししわずかな預金

突然に雹降り出せる昼下がり猫が入り来ぬ足跡つけて

オリオンの輝く早朝サイクリング全国大会に夫出で行けり

登山靴

猿倉の林を行けばほのぼのと夜は明けそめぬ鳥のこえして

夏の日に眩しき雪渓登山靴の裏よりさくさくと感触伝ふ

山峡を風吹き渡りチングルマ穂先揺るがせ踊るがごとし

とことことわが前に雷鳥の親子来て餌をついばむ静けき昼かな

山頂を足下に踏みて立つよろこび三角点にそっと手を触れぬ

白馬の山頂はすがし石の間に赤き駒草のひそやかに咲く

たそがれの北アの山山ほのぼのと峰吹き過ぐる風に暮れゆく

山小屋の「あんた岡山の人じゃろう」声掛けくるる人いてどよめく

満天の星見上ぐれば伸びやかに羽を広げし白鳥一羽

今日はイスタンブール

穫りおきし綿で作りたる子羊はさんさんと初日あつめていたり

黒豆を煮るだけのための古釘を今年も取り出しつややかに煮る

初孫を授かりてより出会いたるみどり子の年訊く癖つきし

「茉優」ちゃんと命名すれば年賀状まゆちゃん宛にわが送るなり

二年振りに母娘四人が集まれば男は次次部屋を出で行く

八十五歳自由気ままがよいと言い独り暮らしを続くる母なり

放課後の学童保育の本棚の千冊が二人の子を育みき

自転車でヨーロッパを旅する次男よりメールあり今日はイスタンブール

受話器よりわが声響く国際電話同時通訳のごとく聞こゆる

ミュンヘンに今来ているという電話男の子はひとを驚かすもの

檜の香

下山道昨夜《よべ》の大地震《おおない》に倒れたる檜《ひ》の香が匂うまたぎて行けば

大地震の揺れしより轟音とどろきて穂高崩れゆくを近ぢかと見つ

物あまたころげ落ちたる家に入りまずは金魚の無事をよろこぶ

若き日の父の写真の大方は戦闘帽を被りいるなり

わが庭に食パン半分を落としし鴉がほどなくそれを拾いに来ており

駄菓子屋に燕と子らがひんぱんに出入す昼の風あたたかく

黒部源流

登山靴リュックサックの玄関に並びて明日は北アルプスへ

頂上はそこに見えいるはずなのになんと重たきわれの両足

汗匂う人らと山径すれ違い三千三十二メートルの南岳に着く

きゅるきゅると音立てトマトを洗いおり黒部源流のゆたけき水に

白馬の山頂に飲むコーヒーは土の香のしてすがすがしかり

燕岳《つばくろ》に流星見んと寝ころべばわれを標的にペルセウス座降る

蝶ヶ岳あまたのテントにほんのりと蛍のようにも灯はともりたり

蝶ヶ岳下る山路のつれづれに採りて食うぶるブルーベリーを

下山して一週間振りの山の湯に五体ていねいに洗えりわれは

口径十センチの望遠鏡に見る火星ものの動きは見えずしずかなり

夜もすがらこおろぎが鳴き疲れたるわれは幾度も眠りより覚む

事務の窓

ペン置きて顔上げしときゆくりなく杉の花粉の飛びゆくが見ゆ

事務の窓椋の木に来る小鳥見ゆ目白四十雀時に目の合う

図書館に日々通いたる道筋に高々と咲く泰山木の花

睡蓮の花の咲きしを聞きし今日から朝の散歩を昼間に変える

新庁舎見学会に訪ね来て先ず市長席に座したりわれは

静かなるわが事務室を鬼やんま風のごとくに通り抜けたり

今日も一日七百食のうどんを作りもどり来て夫との夕餉を作る

アラスカに子が行きてより郵便受け覗くたのしみが一つ増えたり

湯たんぽ

かゆき背に薬塗る手がほしいよと独り居の母電話して来ぬ

湯たんぽを大事にかかえて老いし母冬の阿蘇山へ出でて行きたり

マフラー編む指すらすらと動くなり君に送らんわれのよろこび

午前二時眠られぬ夜に起き出でて今日も湯浴みをせしと母言う

雑煮をば腹いっぱいに食べて母は妹産みき元日の朝

心電図胃カメラ全て異常なしそれでも母は納得をせず

げじげじ眉

目の上のいぼに触りてうからからは別れを惜しむ永久の別れを

「癌《がん》だとよ」投げ出すように言いし叔父その日を境に口数減りぬ

トレードマークのげじげじ眉をうからら撫《な》ず大往生の叔父との別れ

子が植えしビワの一樹の袋掛け終えて見上ぐるこの木のきらめき

熊蟬は金木犀に群がりて庭通るたびわれを驚かす

モウセンゴケ

心たぎつ旅のはじめをこの尾瀬の雨に遭いたりテントに降る雨

こころよき寝覚めなるかも尾瀬の夜のあかつきの空小鳥の声す

この辺り見え来るはずの至仏山霧にけぶれば茫茫とせり

昆虫を食むモウセンゴケめずらしみしばし佇み木道歩む

尾瀬ヶ原熊の足跡あたらしく水芭蕉の花すでにおわりて

聞き返しまた聞き返しみちのくの人らと話す沼山峠

つづらおり登る山道険しくて目指す頂上すぐそこにある

見はるかす眼下の尾瀬沼水くぐる鴨のいくつか眺めて飽かず

もうせんごけ撮りつつ歩む八月の尾瀬ヶ原のそら雲雀いて鳴く

見えぬ目閉じて

掃除機に吸い込まるるごと雀らは一斉に枇杷の葉の中にもぐる

チューリップの赤散りてより競うこと厭える黄色の咲き始めたり

エレベーター使う人らと別れたり登山家われは階段上る

一週間昏睡続く叔母なれど呼びかくる声にかすか目の開く

頬を打ち懸命に母は呼びかけて叔母をこの世につなぎ止めんとす

見えぬ目で五十余年を生きし叔母見えぬ目閉じて命を閉じぬ

紡績機

中国に輸出の商談まとまるはどんより曇りて黄砂降る日なり

紡績機の試運転済めば原料綿もらいて帰り座布団作る

十一トン車八台に積みし紡績機今出で行けり上海に向けて

紡績機出でたる後の工場内広広として猫駆け回る

船積みの紡績機が無事中国に着けば直ちに組立員出発す

中国よりひんぱんに電話掛かれども「ニィーハオ」のみで後は託せり

ハイビスカス赤赤と咲く工場に晴ればれと作業員中国より帰る

モンゴルのチンバットさん梅干も食べて日本の文化学びいしと

日本の「きもの」が着たいとバヤルさんピンクの振り袖着せれば似合う

旗の日

徒競走より外されし今年の運動会ラムネ飲み競争にいきおいている

ボリビアに住める長男が旗の日は朝早くより国旗揭げくれき

パソコンの画面は標高六千五百メートル子が赴任せしボリビアのサハマ山

軋む戸を開ければたちまち飛んで来る野良猫よこの戸は直さぬが良かろ

パソコンを開けば孫は膝に来て二人っきりの時間となれり

葉の付きたる大根提げて「うまいよ」とバスより友の降りつつ言えり

サンタクロースの来た足跡があったねと話す幼の澄みし瞳よ

湖の魚

くちばしにみみずくわえし雀いま電柱の穴に入りてゆけり

いつの間にか取れし皹《あかぎれ》の絆創膏味噌汁の中に入っていぬか

雪道にとんとんと猫の足跡のリズムをもてりはなやぎもてり

押し売りの電話くどくど続く時常は気付かぬほこり目に付く

来客のあるたび部屋のごたごたを移動させており家狭ければ

生きいるはまことよきかな米寿の母琵琶湖湖畔にて鮎食べて言う

タンザニアより夜更けてくるる子のメール早起きしわれはパソコンに見る

ビクトリア湖湖畔に暮らす長男よ湖の魚はおいしいですか

パチンコ店のネオン映せる水張田に蛙の声が響きわたれり

探しもの三日目にしてようやくに出できて秋刀魚もくもくと焼く

つくしんぼ

十キロの梅を買い来て梅シロップ梅酒梅干漬けて梅雨に入る

留守の寺梵鐘つけば畑に出でし僧のピーマン摘みて戻り来

はつらつと三輪車にて二歳の児到来のぶどう近所へ配る

つくしんぼ十年摘みくれし友逝けりその生うる所聞かざるままに

窓の辺の金木犀に小鳥来て事務執るわれら見張られており

亡き友に導かれたるごとく来て両手にあまる土筆を摘みぬ

雷鳥沢

せせらぎを聞きつつ眠る雷鳥沢テントに二つ枕並べて

持参せし手作りの梅シロップに雪渓の雪溶かして飲めり

雷鳥沢百のテントの次次に明かりの点り夕餉はじまる

昼の雨止みて見上ぐる大空よりわれを貫く星の降りたり

雷鳥沢雷鳥とことこ歩み来て一枚の羽われに残せり

南岳山頂に立ちおもむろに三角点に手を置ける夏

頂上の楊梅一つを口に含み鶯の鳴く山道を下る

人来ぬを確かめて渡る大吊橋渡り切るまで誰も来るなよ

大吊橋の真ん中あたりで向こうから人来るが見ゆああどうしよう

笠ヶ岳にて見上ぐる空に虹立てり穂高連峰を抱くようにして

笠ヶ岳上空に県警ヘリコプター近づけば手を振りたくもなる

ストックを登山口にて取り出せば赤とんぼ来て止まりて行けり

菜の花弁当

どの部屋にもそれぞれ拡大鏡を置くそんな暮らしもわが家のニュース

星を見て月見てアフリカに働ける子の安全を祈りていたり

独り居の人に届けん菜の花弁当百四十食を友らと作る

五百個もの卵を茹でてむけなんて青空の下のうどん祭りに

マスクせし歯医者看護師どの顔も分からぬままに治療終わりぬ

横になりただ口開けて居るのみの歯の治療にも体力が要る

見覚えのあるなとしばし考える銀行員も魚を買うんだ！

はるかなるタンザニアに赴任したる子の安否地球儀見つつ思いぬ

読経

柔らかき感触が好き伝票は紙縒《こより》作りて綴じるがよろし

昨日送り今日届きたるピオーネは「すんせんだぁ」と十和田のうから

七歳が僧に合わせて読経すれば叔母の法要とどこおりなし

自分だけお膳にガムの添えあれば幼は僧と分け合いかみぬ

口ぐちに「叔父はいるか？」と墓覗き確かむるなり叔母の骨納め

今日の日に合わせるように蓮咲けり叔母の四十九日法要の寺

愛さるる人になれよと新婚のわれを諭しし人の逝きたり

りんごのり

登校前の姉とわれとを枕辺に座らせし父よその夜逝きたり

「りんごのり」「とうきょうのと」と読み上げて電文打ちしわれ若かりし

父逝きて五十六年父を知らぬ僧が今年も盆供養せり

工場の通路に何やら芽の出でて育ててみればサニーレタスなり

心まで取られぬようにセールスのたたみかけたる言葉聞きおり

多摩川の向こう岸より飛行機は打ち上げ花火のごとく飛び立つ

長火鉢の前にひねもす座りいて煙草を吹かす祖母怖かりき

氷河湖にて

みどり児にはじめて会わんと夫と乗る一輛電車は風の中行く

岡山の方言真似て三箇日東京の児は刈田の中走る

「竹馬にまた乗りたい」と都会っ子一節上げて待ってるからね

バケツもて育てし稲にて手頃なる注連縄一つ出来上がりたり

金メダル照れながらかむ尚子さんその表情やかくもいとしき

ヒマラヤの氷河湖の縮小進みたるとイムジャ・ツォ湖で働く吾子よりメール

氷河湖にて調査続くる子の姿テレビに映り目をこらし見る

まんじゅうの餡

シリウスの輝く夜空を仰ぎつつ囲碁大会に夫は出で行く

主亡き今も門灯点されて猫過《よぎ》りても警報鳴れり

九十の母に整髪頼みたれば今なお手際よき仕事する

盆供養の墓前に近く鴉が来て一部始終を見ていたりけり

時としてこのまま逝きたしと言う母がまんじゅうの餡は白に限ると食う

朴葉飯

朴の花香る厨に朴の葉を並べて作る朴葉飯かな

同窓会リストラに遭い欠席とひそかに友より便りが届く

五十年会わざる友より会いたしとくせ字も温き便りの来たり

三年生まで学びし学校は影もなくぽつんと一つ公民館が立つ

熱帯夜ようやく寝つけば遠くよりバイクの音して新聞が来る

眠りつつ叫びし夫に訳聞けば牛を追い野を駆けおりしと言う

ひらめきし稲妻のあと雷《らい》一つ音極まりて今暮れんとす

からっぽの母

手押し車押し行く母の信号は渡り切るまで青であるべし

妹の通夜より母は戻り来てそれより昼夜の区別のあらず

この夏に二人の妹亡くしし母からっぽの母が今日もそばにいる

雑巾掛けに付きし抜け毛の白は夫の黒はわれのと朝のひととき

ああ入れ歯タンスの中より出でて来ぬ外しちゃ駄目と念を押すなり

オレンジ

柿の枝にみかん刺し置くこの日頃番《つがい》の目白ひんぱんに来る

マンモグラフィ今年五度目の検査受くしこりのあればなだめすかして

次次と着メロの鳴る終業前大方の社員ケータイ持てば

携帯を持たないと言う人のいてうれしくなれりわれと同じで

岡山より桃を送れば青森より姫筍届き行き交う中元

いろいろあるオレンジの中より長男の出張先のアフリカ産を買う

青森より電話掛かればわれわれを呼び「訛は苦手じゃ、替われ」と夫は

自転車に君と一緒に乗りたいとじいじは毎日磨いているよ

手になじむ

タンザニアより帰国せし子はエアコンのフィルター一枚掃除して行く

温暖化防止掲げる息子いて電気ガス水自由にならず

寒柝《かんたく》を打ちつつ町を巡りたる冬の夜ありき吹雪ける中を

指の変形気にする母にヘルパーさん「よく働いた手ですね」と言う

三十八歳にて逝きたる夫の墓参り九十二歳の母白髪を染めて

日日使う鉛筆削りに国語辞典のお下がりはわが手になじむ

あけび好きむかごが好きで植えて五年秋たけなわの今をたのしむ

石炭の匂いに誘われＳＬに乗れば懐かし汽笛が響く

槌の音

起重機が新築の夢を材木の一本一本に託して上げゆく

槌の音の快き響き聞きながら建ちゆく家を夫と見守る

棟上ぐる棟梁の動きもデジカメに撮りて送れり離れ住む子に

キッチンは大方われのそのほかは夫の好みを取り入れし新居

職場より建築中の家に寄り進行具合見て帰るなり

藁の匂いほのかにさせて木舞《こまい》編む土壁の家に隣の猫来る

階段は何段がいいかと棟梁の問えば怪談話へと進展す

排泄の昼夜を問わず近ければ母の部屋にもトイレをつける

引っ越しを天井裏の鼠ども気づいておるや朝から騒がし

ナス・トマト・キュウリ・ピーマン二本ずつ植えてわが家に菜園できる

野良猫のトラ

かわるがわる寄り来る猫の背なでて下校の児らは帰りて行けり

電柱に日傘を結わえ炎天下電気工事の人作業せり

一匹ずつ三匹の子猫くわえ来てわれに見せくるる野良猫のトラ

職場前通学路あれば児童らの行きに帰りにあいさつ交わす

五十年前退職したる従業員在職証明書を要求し来ぬ

事務室に水色の糸とんぼ飛んで来ぬここの空気はおいしいですか

秋の風事務室の窓から入り来る金木犀の香りを連れて

椋の木

台風に椋の木倒れわが窓に満月ぽんと上がり来る見ゆ

石蕗の花黄の花咲く庭明るくて今日はとりわけ幼に会いたし

月下美人開きて香り満つる部屋今夜はぐっすり眠れそうなり

高高と巨大クレーン旋回し七百年の椋の樹伐らる

七百年の椋の木伐られている回り小鳥ら数羽が回りておりぬ

鰯雲空いっぱいに広がれば車ぴかぴかに磨くたのしくて

もこもことふくらむ雲を野に敷きて寝転んでみたき小春日の午後

覗き見る小川に今年は見えざればめだかの学校廃校したらし

餅つき

明日帰る子らの布団を干す屋根に小春日和の日差しあまねし

正月のわが家は孫に乗っ取られどの部屋からもおもちゃ飛び出す

一年前送りてやりし折り紙のかぶと虫見すおもちゃ箱開け

被せても被せても帽子投げ捨てて三歳は炎天へ飛び出す

夫の夢覗いてみたきこの夜更け英語で寝言つぶやきおれば

糯米《もち》の蒸し上がる頃帰り来し児らも加わり餅つきはじむ

エスカレーターに乗りたる刹那その隙間に児は今作りしプラモデルを落とす

「お正月」の書き初め書けたとメールあり画面いっぱい匂う新春

霜柱踏みて目をやる庭隅にぽろんぽらんと蕗の薹出ず

帰省するたび長男はふるさとの風と空気を身にまとい行く

公園にて目に留めし土筆うれしくて急ぎの用を忘れ摘みおり

驚くだろうこの自転車の持ち主はかごのとうふを鴉《からす》食みおり

朝食に力の出ずる餅食べて綱引きに夫出でて行きたり

春まだ遠し

若かりしいとこの葬儀終えて出る柩は虹の真っただ中行く

どの電話も通じざる東北大地震メールに返事ようやく来たり

母病みてひねもすわれの名を呼べり子なる位置より逃ぐるすべなし

飲薬三十七の袋に分けショートステイに母持ちて行く

昨日まで出来たることが今日出来ぬ母の不安に気付けばあわれ

湯たんぽの湯も捨てられず被災地の人ら思えば春まだ遠し

久久に帰国せし子は上空より被災のさまを目を凝らし見しと

四羽の雛

ノブに手を掛けんとする時看護師にうんちが出たかと社長問われおり

工場の敷地半分売却しわが社は生きる道残さるる

煙突の天辺にありし避雷針レンガの破片と共に残せり

久久にラケット振りて汗流す午後のそろばん手が笑うなり

机叩き叱りし声ももう聞けず社長のいない事務室静か

四十余年社長に従きて事務執りし好況不況の日日思わるる

ゆくりなくセキレイの巣を見出でたり出入り激しき倉庫の片隅

留守をせし巣の中見ればうす茶色の卵が四つひっそりとあり

出社後は必ず抱卵しているか確かめてより職場につけり

ひっそりと静まる気配に巣を見れば四羽の雛の頭もたぐ見ゆ

巣より落ち通路に動かぬ一羽の子仲間まだいる巣に戻しやる

電線にて巣立ち促す親鳥はひときわ高く鳴いているなり

ひまわり

一輛電車乗客はわれ一人のみ車内を照らす淡き月影

名曲を聞きつつ絵筆運ぶ時心のおしゃれするごとたのし

没つ日の海にかがやき静かなり廃止決まりしフェリーに乗れば

ひまわりがひと月前から咲きたるを知らないと言う夫に驚く

思い出は残る残らぬ廃屋にのうぜんかずら高高と咲く

テレビ無き六十年前わが祖父は抱くようにしてラジオ聞きいつ

入れ歯はずし「お休みなさい」と言う母の口元を見るまでの一日

残雪

人参の間引き菜を売るスーパーに今日は目高を並べておりぬ

白梅の花咲き初めしと出て見れば高みの梢より粉雪降れり

そばの花咲きいし畑がなくなりてそのあとに建つおしゃれなアパート

かそかなる雪の香のして窓の外には粉雪しきりに降りているなり

鋤かれたる田に水の今朝引かれれば早速鷺の一羽降り立つ

猫山のすみれの咲ける登山道山際に白く残雪のあり

雪詠むわれ

鳥の目になりて晴天の空飛べば匂うがごとき純白の富士見ゆ

桜花咲き初めし日に雹が降りおわびのごとく虹の立ちたり

高高と皇帝ダリア咲ける日を一日こもりて賀状したたむ

雪降れば雪詠むわれをなにくれと励ましくるる友いるしあわせ

ブルーベリーの花が開けば日もすがら蜜蜂が来る花虻が来る

向こうから近づいてくる猪に気づきし朝の心臓の音

わがうえを通り過ぎたる喜びも悲しみもあり年新たなり

いわし雲

デイケアに着て行く服がまたほしい母のおしゃれに付き合う一日

大正の話になれば生き生きと母の眼の輝きにけり

蟬の声ふと止みし時キューバにて働く子のことを思い出ずるも

腐葉土よりかぼちゃの生えてたちまちに大蛇のごとく庭を覆えり

古びたるわれのスカート引き裂いて夫は華やかな草履を編めり

いわし雲広がる空よ寝たきりの母は心の置き所ないとう

顔赤く肺炎の熱に臥す母は酸素マスクを何度ももぎ取る

そろばん

深みゆく秋の一日の昼休み同僚と銀杏プチプチと割る

加減算は計算器よりそろばんが確かと今も使いておりぬ

出社する社員待ち受けお気に入りの車の下に猫たち眠る

今日五歳迎えたる児にバナナケーキ五本作りて帰り来る待つ

子供用携帯に「環」の字はないと児の伝え来る日食観測

工場の明かり頼りに稲を刈る老夫婦いて楽しかる声

二十キロ走りて国旗掲げたる家五軒見つ憲法記念日

ファックスも電話も鳴らぬこの不況つくづく法師の声盛んなり

口開けるだけでいいよとコーラスに誘われたるも楽しくなれり

新聞歌壇夢中になりて読みおれば電車はわれを残して行けり

山陽歌壇にて知り合いし友と十余年文を交わして百通目が届く

ラジオ

次次と犬を吠えさせ救急車深更の街を駆け抜けて行く

「二二《ににん》が」と言えば即座に「四」と返る九九習う児と長距離電話

亡き祖父の唯一の楽しみとせしラジオ今われもまた楽しみて聞く

担当は卵焼き係寿司に載す百食分をえんえんと焼く

セーラー服の白線を紺に縫い替えて高校生なり貧しかりけり

借りし金返してくると出掛けたる夫ななかまど手に持ち帰る

われもふくらむ

車椅子に汗かく母よ競泳に励みし若き日思い出せるや

肺炎にて入院したる母なれどおむつ替うるたび悲鳴をあぐる

レントゲン撮るまで母の大腿骨骨折せしを誰も気づかず

小春日を屋根いっぱいにふとん干し庭仕事してわれもふくらむ

また今度来る日のためにと七歳はかるたをわれに託して帰る

あかぎれの手を今は見することもなくみかんむきおりホームの母は

寝たきりの床にありても履く靴のなお捨てられぬ母の思いよ

たのむから聞いてと何度も言う母はわれの親には違いなけれど

待合室で記念撮影せし椅子に失くしし財布が写りていたり

象の足音

カルテよりふと顔上げて医師言えりあなたの歌を紙面に見しと

表にも裏にも賀状の差出人印刷して夫は投かんに行く

スーダンへ出張すると子が言えばあわててそこを地図に確かむ

いくたびもわが奉仕せしこの丘の介護施設にいま母がゆく

車内にて足を踏まれし盲導犬微動だにせず衆目の中

歩けない母に会いに行く週末は土産にいつもおむつを持ちて

大方は気ままに生きて来し母が今は日すがらわが名を呼べり

スーダンにて働く吾子にEメール送れば象の足音返り来

望遠鏡

望遠鏡買わんと新聞配る子は四時に目覚まし鳴らして起きぬ

一日も休まず新聞配達して買いし望遠鏡にて土星見せくるる

オリオンの歌採りくれし裕子先生オリオン見ればああ偲ばるる

ショートステイより「今納豆が食べたいの」電話して来し母に笑えり

ふじばかま摘み採りおればば七草には足りないけれどと君はすすきを

塗り立てのコンクリートの上昨夜猫は踊るがごとく足跡付けたり

コスモス

三時間の皆既月食の詳細が朝の職場をしばし飛び交う

途中より運転士替わる一輛電車稲の穂を見下ろし走る

グループホームに入りてより死後のことばかりを語る母となりたり

お土産に入浴剤を賜われればやがて帰省の児らに取り置く

栗五キロ夫の里より届きたり五等分して子らに送りぬ

あわてんぼの野良猫は毛を五、六本焼いてストーブの前を過《よぎ》れり

検査受くる朝の庭にコスモスの一輪咲きぬ今年初めての

検診を受けつつわれは思うなり母より先に逝きてはならぬ

皇帝ダリア

はてしなく鰯雲広がる昼下がり草虱付け猫が戻り来

一本の電話掛かりて私に癌の疑いあると告げらるる

心弱くなりいる夕べ癌に逝きし裕子先生の歌駆け巡る

予約せし精密検査のその日まで仕事一途に励みて過ごす

赴任先のスーダンの娘の作りたるエプロンを子は送りくれたり

倉敷まで皇帝ダリア数本を見ながら走る検査を受けに

たちまちに麻酔一本で病人となりはてにけり三時間ほどを

最悪の事態思えばぼんやりと空っぽのわれが座りておりぬ

診断書に肺癌と書いてよいかと言う医師の声はも低くしずもる

結核の父の闘病長く見しわれが肺癌いかに闘わん

五十年

わがために妹の祈る日日のあり十三階に日差しあまねし

自販機の明かり頼りに歌集読む午前六時の談話室にて

七歳のわれを傍えにミシン踏みかすりのもんぺ縫いくれし父

一本の歯を抜きたれば舌先が迷子探すごとそこばかりにゆく

五十余年の勤めを辞してわれは今主婦と書きたり職業欄に

お隣も前の家にもシマトネリコ咲けばその名を覚え親しも

四歳の児に去年来て写したる写真見せればなつかしと言う

水青き地球にわれは生かされて結婚五十年を祝われにけり

一人のいのち

癌治療明日から始めるわれのため克服せし友はかつらを持ち来

着陸するヘリコプターを見下ろせり一人のいのち運ばれて来ぬ

深更にドスンと大き音のして隣の病友ベッドより落ちぬ

脱毛の容赦もあらず始まれば頭に抜け毛機ころころ回す

それぞれの役割持ちてカレンダーに一つひとつの数字は並ぶ

冷え症の母は毛糸のパンツをば十枚編みてグループホームへ

チューリップいつもの所に芽を出して退院のわれを静かに迎えたり

脱毛を帽子とマスクに覆いつつ申告に行く二十六年度の

タイマーを夫に預けて買い物へ　ぶり大根はコンロに掛けて

わが家

ポストより朝刊を取り振り向けば虹がわが家を包みて掛かる

ラジオ派でテレビを見ない次男なり人の話を静かに聞けり

五十年結婚記念日祝うごと巨人村田がホームラン打つ

時差のあるダッカより帰国せし父に時計を習う児の声はずむ

使用済の玄米茶まく庭隅にひねもす雀来てかしましき

いついつも歌作る時裕子先生ひょいと現われまなざしやさし

蓮の花夏咲く花と思いしが病院の庭は一年中咲く

これから夏の花咲く庭で

新婚のあなたと会いし覚えあるセーターを着て歌会に行く

土いじり絶対してはならぬと言うこれから夏の花咲く庭で

パソコンの横に幾多の薬置き日日体調の管理されおり

おのれひとり病みて気鬱に過ごせれば「生きよ」の声がどこからかする

庭隅のどくだみの花のいとおしくガラスのコップに一輪挿せり

屋根いっぱい布団を干して小春日の午後を帰省する子らを待ちおり

窓窓を奏でるように次次とビルの明かりの灯りいるなり

あとがき

平成九年正月に井原市立図書館主催で「新春百人一首かるた会」が開催されることが、前年の九月に決まりました。日頃図書館を利用している私は参加するよう誘われたものの、和歌には関心がなく、全く縁のない生活をしていたため躊躇しましたが、館員さんの熱心な勧めに承諾してしまいました。そして、正月までにはちょうど百日ほどあるので一日一首ずつ覚えていけばと、その日から猛勉強を始めました。ところが、覚えたあとからどんどん忘れていく始末。そんな時、ふと私の頭に浮かんだ一首があり、その初めて作った歌を山陽新聞に投稿したところ入選したのです。それから私の歌作りが始まりました。

はじめは新聞、雑誌等にこつこつと歌を作っては投稿していましたが、平成十八年の夏、突然河野裕子先生から一通の便りを受け取りました。それには「塔」への入会のお誘いがあり、光栄なことと、すぐさま入会させていただきました。入会はしたもののその当時岡山に歌会はまだなく、今まで通り一人でこつこつと歌作りをしていました。平成二十一年十一月、山内頌子さんと市美穂さんのご尽力により岡山歌会が発足し、月に一度の歌会に参加するのを楽しみにしてきました。

『これから夏の花咲く庭で』は、平成九年冬から平成二十七年夏までの十八年間に作った歌の中から取捨選択して、四百余首をほぼ編年順に編みましたが、「塔」の他、新聞、雑誌等のものなどもあり、一部構成上入れ替えたものもあります。平成二十七年一月末に退職をいたしましたが、この十八年間のほとんどはまだ現役で勤めていて、職場でのことや夏の休暇を利用して、北アルプスの山々を歩いたこと、そして、老いてゆく母のこと、家族や友人たちとの触れ合いなど日常生活を、自分史を綴るように詠んだものです。

平成二十六年末、職場の検診で肺に異常が見つかり、突然肺癌を告知されました。今、化学療法を受けていますが、あと何年癌の副作用との闘いに持ちこたえられるか。

歌を詠むことは、毎日の暮らしの中で、いかに生きていくかを考え、自分の中を掘り下げて心を見つめることになります。私はこれまで歌を作ってきて、本当に良かったと思います。癌の告知を受けてより、死を見つめながらより良く生きていくために、今まで以上に歌の創作が生きる力となり、そして生命の芽に養分を与え、絶えず励ましてくれると信じています。また歌を作ることによって、多くの方たちとの出会いがあり、支えられてきました。本当に感謝しています。これからも支えてくれる家族、友人たちに見守られながら、病気に負けないよう死ぬまで歌を作り、私の生きた証としたいと思っています。

このような状況の中、ふとこれまで作ってきた作品を一冊の歌集にまとめたいと思い立ち、岡山歌会にも度々参加していただいている大森静佳さんにご相談申しあげたところ、快く賛成してくださいました。そして、ご多忙中にもかかわらず、選歌の段階から数々の助言を賜わり、一冊の歌集が出来上がるまで、全面的にお世話いただきました。視野が狭く、深みのない拙い歌ですが、誠心誠意、細部まで丁寧な心配りをしていただき、初めての歌集を上梓することができました。その上栞文を賜わり厚くお礼申しあげます。また、短歌の師として日頃よりご尊敬申しあげている池本一郎先生は、鳥取から年に二回岡山歌会に参加してくださって、忌憚のない意見を述べて色々とご指導をしてくださっていますが、懇切な栞を賜わり心より感謝いたします。その上、上村典子様にもご丁寧な栞文を賜りました、厚く御礼申し上げます。

また、「塔」の皆さま、色々と励ましのお言葉をいただきありがとうございました。出版に際してお世話になった青磁社の永田淳さまには、素敵な題名をつけていただきました。改めてお礼を申しあげます。装幀を担当してくださった上野かおるさまにも感謝いたします。

平成二十七年十二月

藪田　智子

塔21世紀叢書第282篇

歌集　これから夏の花咲く庭で

初版発行日　二〇一六年四月五日
著　者　藪田智子
岡山県井原市笹賀町二一一一一五（〒七一五−〇〇二五）
定　価　二五〇〇円
発行者　永田　淳
発行所　青磁社
京都市北区上賀茂豊田町四〇−一（〒六〇三−八〇四五）
電話　〇七五−七〇五−二八三八
振替　〇〇九四〇−二−一二四二二四
http://www3.osk.3web.ne.jp/~seijisya/
装　幀　上野かおる
印刷・製本　創栄図書印刷

ISBN978-4-86198-334-4 C0092 ¥2500E